KB089614

꽃에
꽃피다

to. _____

꽃에 꽃피다.
님꽃이여!
내 심장에 피소서.

꽃에 꽃피다

손성희 지음

바른북스

차례

여름

왜, 사랑한다는 말을 한 번도 안 해주셨어요?

왜, 위로의 말을 한 번도 안 해주셨어요?

왜, 따뜻하게 안아주지 않으셨어요?

제가 얼마나 힘든지 아셨잖아요?

제가 그렇게 미웠나요?

당신에게 하는, 당신 속마음입니다.

믿었던 사람이 등지고,
믿었던 사람이 떠났다고
슬퍼하지 마세요.
당신은 패배자도,
외톨이도 아니에요.
당신에겐 당신이 있잖아요.

오늘 하루도
무사히 버텨준 당신에게,
따뜻한 말 한마디 건넬 수 있는
당신이 됐으면 좋겠네요.

당신이, 태어난 자체가 신의 한 수입니다.
아름답게 피어주세요.

센척한다고 울지도 못했던 당신.

이제 펑펑 울어도 돼요.

쌓인 게 다 내려갈 때까지 맘껏 우세요.

그 눈물 멈출 때까지 안아드릴게요.

왜, 센척해야만 하는지 알아요.

그래도 가끔은,

슬프면 슬퍼해도 돼요.

힘들면 힘들어해도 돼요.

울고 싶으면 울어도 돼요.

가끔은, 감정에 충실해도 돼요.

괜찮아요.

뛰지 않아도 돼요.

천천히 가도 돼요.

괜찮아요.

잠시 다 내려놔도 돼요.

당신이라면, 그래도 돼요.

힘들고 지칠 땐,

잠시 쉬어갈 수 있는 쉼터가 필요해요.

마음속에 쉼터 하나 만들어보는 건

어떨까요?

무겁지 않나요?

당신의 어깨가 버거워 보여요.
모든 짐을 혼자 짊어지려 하지 마세요.
그러다가 쓰러지면 서럽잖아요.
잠시 삶의 짐을 내려놓고
석양을 보며 차 한잔해요.
차는 제가 대접할게요.

당신과 마시는 차가 따뜻하네요.
고단한 삶에 얼어붙은 당신의
마음도 따뜻해졌으면 좋겠네요.

힘들고 지칠 땐 자신에게
메시지전송을 예약해보세요.
예약은, 혼자 있는 저녁
시간대가 좋은 것 같아요.
메시지 내용은 이렇게
보내보는 건 어떨까요?

오늘 하루도 수고했어.
네가 나라서 고마워.

속는 셈 치고 한번 해보세요.
위로받는 느낌이 들 거예요.

자신을 평가하지 마세요.
당신은 존중받을 대상이지,
평가받을 대상이 아니에요.

헌법 제10조

모든 국민은 인간으로서의
존엄과 가치를 가지며,
행복을 추구할 권리를 가진다.

지칠 대로 지친 당신.
법대로 살아보는 건 어떨까요?

당신은 당신에 대해 얼마나 아나요?

당신도 모르는 비밀 하나 가리켜드릴게요.
당신은 무한한 잠재력을 가지고 있어요.
좌절하지 마세요.
기죽을 거 없어요.
부딪혀 보는 거예요.
당신이라면 할 수 있어요.

잘해왔고, 잘할 수 있어요.
할 수 있다고 세뇌시키세요.
의외로 뇌는 단순해요.
뇌를 다스리세요.

꿈을 좇다 보면 현실에 부딪히게 됩니다.
결단력이 필요한 시기가 오게 되죠.
어떤 선택을 했든,
당신은 낙오자가 아닙니다.
그땐 그게 최선이었을 테니까요.
힘내요, 당신. 당신을 응원합니다.

76억분의 1인, 특별한 당신.
어깨 펴고 당당히 사셔도 돼요.
당신은 그럴 자격이 있어요.

좌절한다는 것은 무언가를 해봤다는 겁니다.

그게 시험이든, 취업이든, 사랑이든

무언가를 준비해서 해봤다는 거죠.

물론 좋지 않은 결과로 좌절을 맛봤지만,

도전했다는 것만으로도 높게 평가합니다.

오늘은 꽃을 선물해보세요.

꽃처럼 예쁜 당신한테요.

꽃을 주면서 이렇게 얘기해보세요.

'OOO! 너도 곧 필 거야'

1월과 12월이
같은 당신이었으면 좋겠습니다.

새날, 새로운 계획.
그리고 한 해의 수확.
과정과 결과가 같은
당신이었으면 좋겠습니다.

작은 바람이 있다면,
행복은 준 것보다
더 행복하고
사랑은 준 것보다
더 사랑받고
칭찬은 한 것보다
더 칭찬받고
위로를 한 것보다
더 위로받는
당신이었으면 좋겠습니다.

자신에게 점수를 매기지 마세요.
한낱 숫자에 당신을 담기에는
당신은 광대하며 고귀합니다.

지금 당신에게 필요한 건
자신에 대한 믿음이에요.
어떠한 고난과 역경이 와도
이겨낼 수 있다는 믿음.
좋아질 거라는 믿음.
할 수 있다는 믿음.

이런 믿음들이 쌓여
멋진 당신이 될 거예요.

지는 꽃이 아름다운 건,
다시 피기를 기약하기 때문입니다.

꽃이 진다고 화초가 죽은 건 아니에요.
우리의 삶도 그래요.
실패했다고 끝난 건 아니에요.
꽃이 다시 피듯,
당신의 인생도 다시 필 거예요.
그러니 아무 걱정하지 말아요.
시간은 당신 편이 돼줄 거예요.

그대가 흘린 땀방울은 반드시 돌아온다.
포기하지 마라. 조급해하지 마라.
꽃은 핀다.

겨울에 만났던 바람을
여름에도 만났다.
춥지 않고 시원했다.

누구나 아픔이 있어요.
아픔을 되새기지 마세요.
되새길수록 상처는 깊어지니,
아픔을 당신과 분리시켜야 돼요.
아픔은 과거일 뿐,
당신의 미래가 될 수 없어요.

이제 아픔을 놓아주는 건 어떨까요?

사는 게 참 녹록지 않죠?
정말 만만치 않은 것 같아요.
저도 많이 쓰러지는 편인데요.
그래도 삶의 끈은 놓지 말아요.
포기하지 말고 끝까지 가 봐요.

약속해 줄 수 있죠?

힘들고 지칠 땐 다 내려놓고
진짜 좋아하는 걸 해보세요.
하루 정도는 괜찮잖아요.

봄인데 꽃이 피지 않았다.
여름에도, 가을에도 꽃은 피지 않았다.
난 죽은 화초를 키우고 있었다.

그러던 어느 겨울날,
처음으로 꽃을 봤다.
아름다웠다.

꽃은 꿈이요.
피는 것은 제각각.

조급해하지 마세요.
시기만 다를 뿐 꽃은 핍니다.
제가 감히 단언컨대,
당신의 꽃은 핍니다.

포기만 하지 않으면 진행형이다.
포기하지 않고 달리다 보면
결승점은 반드시 있다.
난 그렇게 믿는다.

뿌리가 죽은 나무는
아무리 잘 가꿔도 살아나지 못해요.
뿌리까지 죽으면 안 돼요.
최소한의 자존감은 살아있어야 돼요.
그래야 다시 열매를 맺을 수 있어요.

기회는 언제 올지 몰라요.
기회가 왔을 때 잡으려면
항상 준비되어 있어야 해요.

준비되지 않은 자여!
날지 마라.
날자마자, 떨어질라.

바람이 차갑든, 뜨겁든
바람을 맞는 건 당신입니다.
많은 생각을 하든, 안 하든
바람은 스쳐 지나갑니다.

살다 보면 좋은 일도,
나쁜 일도 있기 마련이에요.
벗어나려고 애쓰지 않아도 돼요.
결국 지나가요. 그러니 자신의
숨통을 너무 조이지는 마세요.
결국 다 지나가요.

인간은 한없이 추락하는 존재다.
인간은 한없이 비상하는 존재다.
추락할 것인가? 비상할 것인가?
그건 내일이 아닌, 오늘에 달렸다.

추락하는 것도, 비상하는 것도
자신의 몫이에요.
자신을 과소평가하지 마세요.
당신은 비상할 수 있어요.

높지 않더라도, 서툴더라도,
당신의 비상을 보고 싶네요.

모기는 잠자리가 먹고
잠자리는 참새가 먹고
참새는 올빼미가 먹고
올빼미는 매가 먹는다.

당신의 천적은 누구입니까?

TV 속의 사람들.
야망 속에 피어나는 먹이사슬.
먹이사슬에서 벗어나려면,
그 사슬을 끊어야 돼요.
그렇지 않으면 결국 잡아먹혀요.

너를 위하는 척하면서,
네 꿈을 갖고 노는 사람들을 저주하라.

타인에게 의지하지 마세요.
타인에게 모든 걸 의지했다가
타인이 등을 돌리면 많이 힘들어져요.
이제 타인보다는 자신의 내실을 다져요.

타인은 당신이 될 수 없어요.
자신을 믿어보세요. 하면 돼요.
당신은 충분히 할 수 있어요.

위태로워 보일 수도 있어요.
하지만 당당하게 혼자 서 있는 모습이
더 멋지고 당신다워 보여요.

네 잘못이 아냐.
넌 잘못한 거 없어.
괜찮아.

힘들수록 대화를 많이 해야 돼요.
감추면 감출수록 상처는 깊어져요.
대화는 신이 내린 선물이에요.
선물을 뜯어보세요. 의외로 막혔던
부분이 뚫릴 때가 있어요.

막상 얘기하려니,
들어줄 사람이 없나요?
저도 그래요.
우리 서로 들어줄래요?

학교는 누구를 위한 것인가?

학교는 학교다워야 하며
선생은 선생다워야 하며
학생은 학생다워야 한다.

그냥 학생이었다.
공부를 잘하는 학생도,
운동을 잘하는 학생도,
음악을 잘하는 학생도,
글을 잘 쓰는 학생도,
인기가 많은 학생도,
잘 노는 학생도 아닌,
그냥 학교에 있는 학생이었다.

혼자 얼마나 외롭고 무서웠을까.
숨을 곳도, 갈 곳도, 의지할 곳도
없는 따돌림을 당하는 친구여.
피할 수 없다면, 도피하자.
도피는 비겁한 게 아니라,
전진하기 위한 움츠림이다.
그래서 왕따 시킨 친구들에게
보란 듯이 보여주자.
너의 멋진 모습을.

쓰러지지 마세요.
타협하지 마세요.
벗어날 수 있어요.

고통의 시간들.
하루하루 견디다 보니,
어느새 추억이 됐네.

아무리 힘들어도 하루만 버텨 봐요.
버티다 보면, 한 달이 가고 1년이 가요.
포기하고 싶겠지만 그 시간만 지나면
많이 성장해있는 자신을 보게 될 거에요.

다 내려놓고 싶을 때
저는 끊임없이 되뇌어요.
지나간다. 지나간다. 지나간다.
이 고비만 버티자. 다 지나간다.
곧 괜찮아진다. 조금만 버티자.

넌 억울하지도 않니?

네가 죽으면 네 세상만 없어지는 거야.

너의 생각, 너의 웃음, 너의 공간,

너의 시간. 네 것만 사라지는 거라고.

세상은 그대로인데,

네 것만 사라지면 불공평하잖아.

당신의 삶이,

억울하지 않았으면 좋겠어요.

당신의 삶이,

불공평하지 않았으면 좋겠어요.

살아라.

그게 네가 태어난 이유다.

죽어라.

그게 네가 태어난 이유다.

살다가, 죽어라.

그게 네가 태어난 이유다.

사라지지 마세요.

그럼 슬프잖아요.

당신의 생명은 이 세상 어떤 것보다

소중하고, 가치가 있어요.

꽃은 자기만의 향기가 있어요.
꽃은 자기만의 색깔이 있어요.
꽃은 자기만의 철학이 있어요.

당신도 마찬가지예요.
지구상에 하나뿐인 당신.
당신이라는 꽃을 피워주세요.

네가 없는 꽃길은 그냥 꽃길일 뿐이야.
너라는 꽃이 피지 않으면,
그냥 스쳐 지나가는 도로일 뿐이야.
그러니 너라는 꽃은 항상 피워줘.

예쁘지 않아도 돼요.
피워만 주세요.

힘들면, 쓰러져도 좋아요.
그곳에서 다 느껴보세요.
슬픔, 좌절, 고독, 배신감.
대신 먼지가 쌓이기 전에는
일어나야 돼요. 먼지가 쌓이면,
당신을 알아볼 수 없으니까요.

방황도 삶의 연속이에요.

방황하지 않은 자,
어찌 삶을 논하겠는가!

먼지 쌓인 그대 심장.
자의인가? 타의인가?
자의든, 타의든
이제 훌훌 털어버리고,
멋지게 날아 봐요.

잿빛으로 물든 당신 마음에
촛불 하나 놓고 갑니다.

저는 당신이
타인에게도, 자신에게도
상처받지 않았으면 좋겠어요.
상처받지 마시고 항상
행복하기만 해요.

슬픔이 몰려온다.
심장을 닫아라.
기쁨이 몰려온다.
심장을 열어라.

모든 건 순간이에요.
기쁨도, 슬픔도 순간이에요.
그 찰라만 버티면 돼요.
우리 잘 버텨 봐요.

바람이 불면,
역으로 버티지 말고
바람 부는 방향으로 몸을 맡겨요.
그래야, 사는 게 수월해져요.

어제의 너도,

오늘의 너도.

내일의 너도.

모두 너꺼니,

소중하게 간직해.

때로는 채찍질도 필요해요.

하지만 열심히 살아왔잖아요.

칭찬은 못 할망정,

자신을 학대하지는 말아요.

안 그래도 지쳤는데 더 지치잖아요.

이제 채찍보다는,

당근으로 자신을 위로해줘요.

당신에게 당신을 전해주세요.

미안하고 사랑한다고.

남의 말을 잘 들어주는 당신.
자신의 말은 얼마나 잘 들어주나요?

착한 건 좋은 거예요.
그런데 너무 착해지지는 마세요.
착하면 이용당하기 쉬워요.
때론 됐어, 싫어, 꺼져. 라고 말해보세요.
은근 자존감이 올라갈 때가 있어요.

하루에 칭찬을 얼마나 하나요?
아니, 다른 사람 말고 자신한테요.
오늘 칭찬한 적이 한 번도 없다면,
이렇게 해보는 건 어떨까요?

널 만난 건, 내 인생에 최고야.

동전의 양면성
당신의 양면성

동전의 본질은 동전입니다.
양면성을 가졌다고 동전이,
동전이 아닌 것은 아닙니다.
당신도 마찬가지입니다.
당신은 당신입니다.

양면성은 살아남기 위한 수단이니
나쁘다고만 할 수는 없어요.
하지만 가면의 두께가 두꺼우면
미움을 받을 수 있어요.
가면은 기초화장하듯 살짝만 하되
민낯은 보이지 않으셔도 돼요.

자신의 패를 다 오픈할 필요는 없어요.
보일 듯 말 듯, 물 흐르듯 살면 돼요.

당신은, 당신입니다.
실패하고 좌절해도,
나약하고 초라해도,
당신은, 당신입니다.

당신은,
그 누구보다도 사랑받아야 합니다.
다른 사람이 아닌, 자신한테요.

자신을 사랑하세요.
그 누구보다 더.

자신을 따뜻하게 안아주세요.
위로받지 못한 자신에게 위로도 해주고
칭찬받지 못한 자신에게 칭찬도 해주고
남에게 하지 못한 얘기도 들어주고
머리도 쓰다듬어주면서 사랑해주세요.

당신은 누군가에게 특별할 자격이 있는가?

하나가 되라. 둘이 되라.
셋이 되라. 그리고 네가 되라.

사람들의 눈은 나를 내 안에 가둔다.
그래서 슬프다. 나도 그들도 진정한
눈이 없기 때문이다.

사람들은 항상 결과만 보려 해요.
한 존재가 어디서, 무엇을 하며
지내왔는지는 중요하게 생각하지 않아요.
그래서 어떤 존재는 양면성을 갖게 되죠.
자신이 만든 자아와 타인이 만든 자아.
결과만 보지 말고 과정까지 본다면
불신과 편견이 그나마 사라질 텐데요.

우린 공동체로 살아가지만
똑같이 살 필요는 없다.

남의 시선은 남의 시선일 뿐이야.
남의 시선 그만 의식해.
넌 관상용이 아니잖아.
남의 시선 의식하려거든,
어항 속에 물고기나 돼버려.

어차피 물고기가 될 거라면,
고래가 되라.

왜 이리 하지 말라는 게 많을까요?
대신해줄 것도 아니면서.

타인을 의식하지 마세요.
타인을 의식하다 보면 자신에
갇혀 아무것도 할 수 없게 돼요.
때로는 정신줄 놓고 사는 것도
괜찮은 것 같아요.

오늘 머리에 꽃 한번 꽂아볼까요?

살면서 느끼는 수많은 감정들.
오르락내리락 반복되는 감정들.
우린 어디에 초점을 맞춰야 할까?

슬프니까 슬프고
슬퍼지려 하니 슬프네.
기쁘니까 기쁘고
기뻐지려 하니 기쁘네.

기쁨과 슬픔은
종이 한 장 차이일 뿐이에요.
어쩌면 종이 한 장보다 가까울
수 있어요. 무엇을 느끼느냐는
당신 몫이에요.

언제부터 미리 걱정하게 됐을까?
자신에 대한 사랑일까?
자신에 대한 불신일까?

어리석은 자여!
슬픔을 기다리지 마라.
슬픔은 아직,
당신에게 갈 생각이 없다.

미리 걱정하지 말아요.
당신은 예언가가 아니잖아요.
미리 걱정하지 말고
그때 걱정하기로 해요.

자기와의 싸움.

이기는 게 맞을까?

지는 게 맞을까?

자신을 항상 이기려 하지 마세요.

백전백승은 위험한 발상이에요.

매번 이기려고 싸우다가는 부러져요.

그럼, 아파요. 그냥 편하게 생각해요.

자기 자신과 같이 먹고 마시며 즐긴다고

생각해요. 하나의 몸에서 싸우는

것보다는 친하게 지내는 게 좋잖아요.

때로는 이기고, 때로는 져줘요.

우리는 비슷하지만 다른 존재입니다.
우리는 틀림이 아닌 다름입니다.

살면서,
원치 않는 말을 들을 때가 있다.
과연 누구를 위해 뱉는 말일까?

'너, 참 답 없다'
이런 말 들어본 적 있죠?
답이 없기 때문에 답을 찾고 있잖아요.
그리고 답을 못 찾으면 어때요.
인생이 수학 공식은 아니잖아요.

살다 보니 정답은 없는 것 같아요.
때로는 쉽고 단순하게 생각해요.

생각을 많이 하는 편인가요?
주로 어떤 생각을 하나요?

생각도 쉬어야 돼요.
생각과 동침하지 마세요.
생각과 같이 잠들면
꿈속에서도 생각하게 돼요.
숙면을 취하고 싶다면,
생각은 생각이 하게 놔두세요.

생각은 번식력이 강해요. 그러니
안 좋은 생각은 키우지 마세요.

당신의 미래는 밝습니까?

인생은 컨셉이야.
컨셉만 잘 잡아도 성공해.
너에게 딱 맞는 포지셔닝.
너 자체가 브랜드가 되어
널 하찮게 보던 사람들의 코를
납작하게 만들어 버려.

자신만의 컨셉으로 명품을
만들어보세요. 허우대만
멀쩡한 명품이 아닌, 내실이
꽉 찬 명품을 만들어보세요.

삶은, 삶 자체로 의미가 있다.
모든 의미의 시작은 자신을
사랑하는 일부터 시작되어야 한다.

때로는 하나를 갖기 위해,
하나를 버려야 될 때가 있다.
때로는 하나를 갖기 위해,
모든 걸 버려야 될 때가 있다.
하나냐, 둘이냐, 전부냐,
그건 의미 있을 때 버려야 된다.
사람들은 의미 없는 일에 의미를
부여한다. 그래서 아파하고
상처를 받는다.

당신의 욕심은 얼마입니까?

사람이 살아갈 때, 돈은 꼭 필요해요.
하지만 돈이 전부가 돼서는 안 돼요.
돈은 수단이며, 도구일 뿐이에요.
돈이 목적이 되는 순간,
돈의 노예가 돼요. 그럼 얻는 것보다
잃는 것이 더 많아질 수 있어요.
돈을 좇는 당신이 아닌, 행복을
좇는 당신이 됐으면 좋겠어요.

돈이 행복의 잣대라면,
난 행복을 좇지 않겠다.

날고 싶은 자.
욕심을 버려라.

욕심은 욕심을 낳고
욕심으로 비대해진 날개는
당신의 비상을 막으리라.

날고 싶으면, 욕심을 버려야 해요.
사리사욕으로 가득 찬 꿈은
오히려 독이 될 수 있어요.

직장인들은 사표를 품고 산다.

오늘도 수없이 던지고 싶던 사표.

만약에 사표가 돈이라면,

빌 게이츠보다 더 부자가 됐을 텐데.

사표 50%

소처럼 일한 당신,
새처럼 떠나라.

내일이 없는 것처럼 일했으니
내일이 없는 것처럼 놀아라.

간쓸개 다 빼놓고 일한 당신.
먼저 상처받은 영혼을 치유하라.
자신을 더 사랑하고
자신을 더 위로하고
자신을 더 안아줘라.

그리고
취하라.
자신한테 흠뻑 취하라.

누구나 지향하는 삶이 있다.
당신이 꿈꾸는 삶은 어떤 삶인가요?

인간은 누구나 꿈꾼다.
꿈만 꾼다.
실천은 안 하고 꿈만 꾼다.

저도 실천보다는 꿈만 꾸는 편인데요.
그래서 제가 저에게 하는 말이 있어요.
내 꿈은 이루어질 수 없다.
간절히 매달린 적이 없기 때문이다.

기적이 일어나길 바란다면,
간절히 매달리세요.

성공은 게으른 자와 거리가 멀다.
게으른 자를 멀리해라.
게으른 자가 자기 자신일지라도.

부지런해져야 되는데, 왜 안 될까요?
절실하지 않아서 그런 것 같아요.
사막을 횡단하는 사람이 물이 없어
죽을 지경이라면 살기 위해 어떠한
방법도 찾을 거예요.

이제 이런 절실함이 필요하지 않을까요?

하루도 쉬지 않고 자기 개발하는
강한 자를 봤다.
난 결코 그를 이기지 못할 것이다.

꿈을 이루기 위해
얼마나 노력하고 있나요?

과정이 있으니 결과가 있겠죠.
과정 없이 결과를 바라지마세요.
그건 사기에요.

우린 진짜 한심해.
아무것도 안 하면서 아무것도
할 수 없다며 지레 겁먹고
이불 속에서만 뒹굴고 있잖아.

지금 당신에게 필요한 건,
꿈을 향한 결단력이에요.
당신이니까 할 수 있고
당신이니까 가능해요.
잊지 마세요. 하면 돼요.

꿈은 에베레스트 정상인데,
뒷산 오르면서
숨을 헐떡이면 어떡하니?

목표를 너무 높게 잡은 건가요?
아니면 노력이 부족한 건가요?
당신만이 알고 있으니,
당신만이 해결할 수 있습니다.

생각이 많을수록 꿈은 멀어진다.
꿈이 멀어지면 희망도 멀어진다.

꿈이 뭐에요?
유효기간이 아직 남아있나요?

망설이지 말아요.
두려워하지 말아요.
포기하지 말아요.
당신이 원하면,
당신은 뭐든지 할 수 있고
뭐든지 될 수 있어요.
자신을 믿어보세요.

꿈은 나이와 반비례.
꿈을 잃은 배고픈 세대여!
꿈꿔라.

아이야! 꿈은,
네가 접기 전까지는 살아있단다.
꿈꾸렴!
마치 이루어진 것처럼.

꿈을 심으면
꿈이 자랍니다.
꿈이 자라면
꿈이 열립니다.
꿈이 열리면
또 다른 꿈을 꿉니다.

삶은 딜레마의 연속.
우린 늘 선택의 기로에 서 있다.
어떤 것을 선택해야 맞는 걸까?

큰 그림을 그리되,
처음에는 작은 그림부터 시작하세요.
처음부터 큰 그림을 그리려 하면
쉽게 지치고 포기하게 돼요.
작은 그림을 그리다 보면, 그 그림들이
모여 큰 그림이 될 거예요.

잊지 마세요. 작은 습관들이 모여,
당신의 큰 꿈을 이루게 해줄 거예요.

목표가 있다면,
고통을 뚫고 나가야 돼요.
힘든 거 알아요. 그래도 나가야 돼요.
그래야 이룰 수 있어요.

세상에 쉽게 얻어지는 것은 없어요.
쉽게 얻어지는 것은 쉽게 사라져요.
힘들더라도 앞으로 나아가야 돼요.
그래야 이룰 수 있어요.

몸에 나쁜 건 쉽게 가질 수 있지만
몸에 좋은 건 많은 노력이 필요해요.

피할 수 있으면 피해라.
그리고 기다려라.
기회는 반드시 온다.
그때 모든 걸 태워라.
내일이 없는 것처럼
모든 걸 태워라.

태우세요. 한계란 없어요.
한계는 자신이 정한 기준일 뿐.
그 기준을 무너트려야 돼요.

한계의 기준을 정한 건 당신입니다.
그러니 무너트려도 되고,
무너트리지 않아도 돼요.
복잡할 것 없어요. 그냥 당신이
원하는 대로 하면 돼요.

일을 진행하기 전에 생각은
꼭 필요합니다. 그런데 생각이
길어지면 생각으로 끝납니다.
생각을 행동으로 옮기지 않으면,
당신 것이 아닙니다.
이제 생각했던 것들을 행동으로
옮겨보는 것은 어떨까요?

시작을 미루는 행위는,
성공을 미루는 행위다.

꼭 성공해야 행복한 것은 아니에요.
그러나 성공하면 행복할 확률이 높아요.
저는 당신이 확률 높은 게임을 하길
바랄 뿐이에요.

실패에서 성공으로 가는 지름길은
또 다른 실패다.
실패를 두려워하지 마라.
실패는 또 다른 길을 제시해준다.

실패를 반복하다 보면
그때보다는 성장한다.
그러니 실패했다고 기죽지 마라.

실패가 두려워 도전을 안 하는 것은
꿈에 대한 직무유기에요.

실수했다고 기죽지 마세요.
사람은 누구나 실수를 해요.
실수를 해야 사람이지,
실수를 안 하면 로버트예요.
뭔가를 하려다가 그런 거잖아요.
괜찮아요. 그럴 수 있어요.

자책은 삼류나 하는 행동입니다.
일류는 실수를 발판 삼아 앞으로
나아갑니다. 더 나아가야죠?
당신은 일류잖아요.

완벽함의 시초는 미비함이니,
당신은 충분히 완벽할 자질이 있다.

태어나서면서부터 완벽한 사람은 없어요.
누구나 미비하죠. 특히 저는 많이 부족한
사람이에요. 잠깐 제 얘기를 해드릴게요.

저는 초등학교를 졸업할 때까지 한글을
몰라, 방과 후 나머지 공부를 했어요.
지금도 받아쓰기 시험을 보면 100점
맞을 자신이 없어요.
국어책에 나오는 시 한 편 외우지
못했던 제가 지금 글을 쓰고 있어요.
'쓰다 보면 잘 쓰겠지'라는 생각으로
무식한 도전을 하고 있어요.
힘내라고 응원해주세요. 당신의 응원이
저에게는 큰 힘이 됩니다.

얻고 싶은 게 있으면 책을 보세요.
독서는 최고의 스펙이며, 멘토입니다.

우린 책을 통해 간접경험을 할 수 있고
나아갈 방향을 모색할 수 있어요.
책에는 많은 보물이 숨겨져 있어요.

책을 보세요.
책을 보면 머리가 강해져요.
머리가 강해지면 안 보이던 것들이
보이기 시작해요. 그럼 가고자 하는
길이 더 선명하게 보여요.
그럼 지쳐도 행복해져요.

좋은 파장은 좋은 파장을 일으킨다.
선의의 파장이 멀리 퍼졌으면 좋겠다.

울림이 큰 사람이 되세요.
작은 소리에도 귀 기울일 줄 알고
어려운 이웃을 불쌍히 여기며
불의에 맞서 싸울 수 있는
울림이 큰 사람이 되세요.

당신으로 인해 좋은 세상이
만들어졌으면 하는 바람이 있네요.

시계가 쓰러졌다.
그러나 시간은 멈추지 않았다.

시계가 쓰러지면,
시간도 멈출지 알았다.
그러나 시계는 본분에 충실했다.
내가 시계라면,
난 분명히 멈췄을 거다.

나를 망하게 하는
가장 두려운 적은
바로 나이다.

인간은 강하며 나약하다.
인간은 나약하며 강하다.

강해지지 마라.
부러진다.
약해지지 마라.
짓밟힌다.

삶의 주인공이여!
당신 뜻대로 살찌어다.

삶에 정답은 없어요.
당신이 가는 길이 정답이에요.

당신의 길은 어떤 길인가요?
바로 가고 있나요?

아무리 높은 폭포도
떨어진 물줄기 바닥은 고요하다.
휘둘리지 마라.
조용히 네 길을 가라.

삶의 주체는 당신입니다.
휘둘리지 말고 묵묵히
자신의 길을 가세요.
휘둘리는 순간,
방황은 시작됩니다.

소유욕이 강한 당신.

과감히 버려야,

새로운 걸 가질 수 있어요.

지금까지 채우기만 하셨나요?

당신은 무엇을 버리겠습니까?

때로는 비우는 게, 채우는 겁니다.

나무는 가지치기를 함으로써,

더 큰 나무가 됩니다.

불필요한 감정소비는 그만하시고,

버릴 것은 과감히 버리셔도 돼요.

사회가 만든 시스템대로 사는 것도
좋지만, 자신만의 시스템을 만들어서
사는 것도 좋을 듯해. 하지만 후자는
험난해. 대신 만족도는 클 거야.

한번 느껴보고 싶지 않나요?

기적은 당신이 만드는 거예요.

위대한 것은 아직 당신 안에 있어요.

쏟아내야 돼요.

당신 안에 있는 두려움을.

두려움은 습관으로 극복할 수 있다.

로또의 기적이 아닌,

당신이 로또가 되는 기적을 보여주세요.

청춘아!
심장에 불을 지피고
자신을 혁명하라.
자신을 몰살시켜라.
피로 물들여라.
그래서 널 찾아라.

젊음을 사고 싶네.
자네 젊음은 얼만가?

청춘은 노년을 땡겨 쓰는 거예요.
돋보기를 안 껴도 보이는 눈.
보청기를 안 껴도 들리는 귀.
틀니를 안 껴도 씹을 수 있는 치아.
지팡이가 없어도 쌩쌩한 몸.

청춘님!
그럼 어떻게 살아야겠어요?

청춘아! 목 놓아 울어라.
운만큼 성장한다.

자신을 깨고 나와야 돼요.

새가 알을 깨고 나오듯
당신도 당신을 깨고 나와야 돼요.
깨고 나와야 비로소 보이는
것들이 있어요.
보이지 않는 것들이 보임으로써,
당신은 한층 성장하게 될 거예요.
그때 당당히 외치세요.
세상에 주인공은 나라고.

지구를 밟고 있는 당신이,
지구의 주인입니다.

아기로 태어난다는 것은
참 고달픈 일이다.
그래도 어쩌겠는가!
이게 운명이라면,
멋지게 살아보자.

이왕 태어난 거,
부끄럽게 살지 말자.
비겁하게 살지 말자.
초라하게 살지 말자.
겁쟁이가 되지 말자.
깨지더라도 당당하게 살자.

우리 깨지더라도 당당하게 살아요.

지금까지 살면서
언제가 제일 힘들었나요?

한 번쯤은 극에 달하는 고통을
느껴보는 것도 괜찮은 것 같아요.
그럼 왜 살아야 하는지, 당연하게
생각했던 주위 사람들이 얼마나
고마운 존재인지를 깨닫게 돼요.

고통이 절정에 달하면 자기도 몰랐던
뭔가가 꿈틀거릴 거예요. 그게 뭔지는
말해줄 수 없어요. 직접 느껴보세요.

당신, 참 괜찮은 사람이에요.

다이아몬드는 다이아몬드로 가공한다.
다이아몬드가 돼서 다이아몬드를
가공해주세요. 대신, 흔한 탄소로
이루어졌다는 걸 잊지 말고, 시간이
지나도 흑연이 되지는 말아주세요.

당신은 누구십니까?

당신은 누군가의 배우자며, 아버지며,
어머니며, 딸이며, 아들이며, 사회의
일원으로서, 직업을 갖고 있을 겁니다.

그러니까 당신은 누구냐고요?
직업도 아닌, 누군가의 누구도 아닌,
본질적인 당신을 묻는 겁니다.

며칠, 몇 달이 걸려도 좋으니
자신이 누구인지, 왜 사는지,
진지하게 생각해보셨으면 합니다.

살아있으니 사는 당신이 아닌,
하루하루 버티는 당신이 아닌,
본질적인 자아를 찾았으면 합니다.

자신이 누군지 알아야
왜 살아야 하는지,
어떻게 살아야 하는지,
비전이 생기고 흔들리지 않는
믿음으로 나아갈 수 있어요.
그래야 진심으로 자신을 사랑하고
궁극적인 행복을 맛볼 수 있어요.
그때 비로소 자신이 아닌 타인을
진심으로 사랑할 수 있게 돼요.

생일이 언제에요?

사람은 두 번 태어나지 않는다.
한 번 뿐인 삶.
그래서 더 가치가 있다.

당신이 예쁘든, 그렇지 않든
당신이 부자든, 그렇지 않든
당신이 행복하든, 그렇지 않든
당신의 생일을 진심으로 축하해요.
태어나줘서 고마워요.

어떤 말이 위로가 되겠어요?
어떤 글이 위로가 되겠어요?
당신이 살아있는 자체가 위로인데,
또 어떤 위로가 필요하겠어요?

당신은 참 멋진 사람이에요.

오글거리겠지만,
자신에게 편지를 써보세요.
잘해왔고 잘해낼 수 있다고.
네가 나라서 고맙다고.

To._____

가을 PART 01

사람으로 태어난 건 좋은데,
사람으로 죽는 건 싫다.

사람을 만나고 싶어,
사람이 되기로 했다.

어느새 사람형상을 한 괴물들의 세상.
그래도 사람다운 사람을 만나고 싶어
사람이 되기로 했다.

내 여자가 아닌,

다른 남자의 여자였을 때,

그 남자를 죽도록 사랑한 여자가 좋다.

그런 여자가 내게 온다면,

그 남자를 잊게끔

사랑하고 사랑하겠다.

사랑해본 사람이 사랑을 알죠.

사랑은 사랑으로 써야 지워지지 않아요.

망설이지 말고 제게로 와요.

사랑만 받게 해드릴게요.

비와 같이 온 그녀.
비는 대지를 적시고
그녀는 내 마음을 적시네.

가을비가 내리는 어느 날.
우산 없이 출근하는 그녀를 봤다.
젖은 머릿결.
젖은 원피스.
젖은 눈동자.
내 마음도 덩달아 젖었다.

비를 맞으며 출근하는 그녀.
그녀가 내게로 들어왔다.
내게 들어온 그녀는
허락 없이 내 안에 정착했다.

난 누구에게도
관심을 가져 본 적이 없다.
그런데 넌 알고 싶다.
그래도 되겠니?

네가,
독이라도 달게 마실게.

당신이 어떤 사람이든 상관없어요.
전 이미 당신에게 빠져 버렸어요.
내 눈을 멀게 한 당신.
내 눈이 되어 주세요.

난 짝사랑만 한다.
짝사랑은 감미롭고 아름답다.
지극히 개인주의적인 짝사랑.
나만 감정 조절하면 되고
나만 아프면 된다.

짝사랑의 장점은 차일 확률이
제로라는 점. 그리고 언제든지
떠날 수 있다는 점.

썼다 지우기를 수백 번. 짝사랑은
붙이지 못한 편지만큼 외롭다.

준비 안 된 내게 들어온 그녀는
속수무책이었다. 그녀는 내 심장을
영양분 삼아, 내 의지와 상관없이
내 안에서 자랐다.

그녀의 성장판은 멈출 줄 몰랐다.
하염없이 내 속에서 자랐다.
성장판은 때가 되면 멈춘다.
하지만 내 안에 자리 잡은 그녀는
주최할 수 없을 정도로 커 나갔다.

이제 난 내가 아닌, 그녀가 됐다.

심장이 알을 낳는다.

수많은 알을.

당신을 만날 때마다 하트가 생겨요.

감당하기에 벅찰 정도로 수많은 하트가요.

눈에 먼지 하나 들어와도, 이리 신경

쓰이는데. 네가 내 안에 들어왔는데,

어찌 신경을 안 쓸 수가 있겠니?

내 안에 들어온 그녀는 날 지배했다.

그녀가 기쁘면 나도 기뻤고

그녀가 슬프면 나도 슬펐다.

그녀의 감정은 내 감정이 됐으며

그녀의 움직임은 내 움직임이 됐다.

난, 너였다.

내가 널 선택한 건,
단지 여자가 필요해서가 아냐.
사랑을 하고 싶어서 널 선택한 거야.

당신은 그냥 여자가 아니에요.
당신은 음악이며, 사랑이에요.

내 안에는 나도 모르는 수많은
내가 있어요. 하지만 당신에게는
다 안 보여줄 거예요. 당신에게는
사랑스런 모습만 보여줄 거예요.

당신의 웃음은,
날 웃게 만드는 심쿵 하나.
첫눈 오는 날,
당신 눈까지 보게 된다면,
더 심쿵할 거야.

당신을 알고부터 심장이
두 배로 빨라졌어요.
당신 때문에 바빠진
제 심장 소리가 좋아요.

눈이 아름다운 그녀.
그녀의 눈은 첫눈처럼
난 설레게 한다.

시간과 공간을 제로로 만들 수 있는 건,
당신의 웃음뿐. 당신의 웃음은, 모든 걸
멈추게 해. 내 심장까지도.

당신의 웃음을 처음 봤을 때,
저는 마법에 걸린 것처럼 그 자리에
굳어 버렸어요. 움직일 수 없었어요.
헤어 나올 수 없었어요. 당신의 웃음은
저를 사랑에 빠지게 만들었어요.

미소가 아름다운 당신.
저를 가져주세요.

욕심 없는 그녀가 욕심냈으면 좋겠다.
그 욕심의 끝에 내가 있었으면 좋겠다.

보잘 것 없는

내 손을 잡아 준 그녀.

사시나무 떨듯 떨던 나.

처음 느껴보는 흥분과 감정.

모든 세포가 휘파람을 불며

춤추던 순간.

내 어찌 잊으리오.

그날의 환희를.

당신이 잡아준 건 손이 아니라

기댈 곳 없는 제 마음이었습니다.

저를 잡아준 당신의 손은
어떠한 따스함보다 따뜻했어요.
심장의 두근거림이 이렇게
큰 소린지 알게 해준 당신.
당신을 알게 된 것만으로도
제겐 기적이고 축복입니다.

그녀에게서는 바다 향이 났다.

당신과 있으면 따뜻해요.
그 따뜻함에 눈물이 나려 해요.

가볍지 않은 네 입술에
내 채취를 묻히고
가볍지 않은 네 심장에
내 심장을 묻는다.

당신은 '설렘' 그 자체에요.
당신의 입술을 칭찬해요.
당신의 심장을 칭찬해요.

들어올 땐 마음대로 들어와도
나갈 땐 마음대로 못 나가요.

속마음을 얘기해줘서 고마워요.

그녀는 심장이 아프다고 했다.
망설임 없이, 심장을 세어봤다.
그녀에게 주고도 남았다.

당신이라면 심장까지 줄 수 있어요.
당신이 행복하고 행복해진다면,
저는 사라져도 좋아요.

너한테, 내가 보여.
그래서 슬퍼, 눈물 나.

울고 싶으면 맘껏 울어요.

그 눈물까지 안아줄게요.

당신의 눈물은 내 눈물.

그 눈물 닦지 말아요.

제 글에 담아 드릴게요.

네가 울면 무지개가 생겨.

잡고 싶지만 잡을 수 없는 너처럼,

무지개는 너무 빨리 사라져.

그 눈물 당장 넣어요.

당신이 울면 저도 울잖아요.

지금까지 얼마나 많은 눈물을

흘렸는데, 이젠 울고 싶지 않아요.

그러니 그 눈물 당장 넣어요.

물이 없으면 살지 못해요.
공기가 없으면 살지 못해요.
당신이 없으면 살지 못해요.

날 혼자 두지 마세요.
당신을 잊을까, 두렵습니다.
날 혼자 두지 마세요.
당신 아닌 다른 사람이
내 옆에 있을까 두렵습니다.

떠나지 마세요.
제가 불쌍하지도 않나요?

날 슬프게 하지 마.
또 슬프게 하면 죽어버릴 거야.
네가 나를 가장 사랑할 때
사라져 버릴 거야.

아쉽게도 이런 일은 없겠네요.
당신이 날 사랑하는 일은 없을 테니까요.

사랑은 늘 남의 편.

나에게 넌 유일한 존재.
너에겐 난 그림자 같은 존재.
그저 난 많은 사람 중에 하나.
그래서 마음이 아파.

겨울에 만난 넌 차가웠다.
여름에 만날 걸 그랬다.

겨울에 만난 넌,
독이 서린 뱀처럼 날 물고 사라졌지.
갈 거면, 해독약이라도 주고 가지.
그냥 가면 나보고 어떡하라고.

겨울보다 더 냉정한 당신.
갈 거면 오지나 마시지.
이 아픔 안고 어이 살라고.
당신은 참,
당신밖에 모르는 사람이에요.

내 행복은 너로 시작해,
너로 끝났다.

심장이 새가 되어 날아갔다.
새는 물고기가 되어 돌아왔다.

나에겐 그 어떤 위로의 말보다,
성의 없는 너의 이모티콘 하나가
더 위로가 됐어.

대답 없는 넌,
날 불안하게 해.

당신에게 저는 살아있나요?
당신에게 저는 누구였나요?
메시지를 봤으면 점이라도 찍어 달라는
부탁이 그리 어려운 부탁이었나요?

카메라 없이 찍은 넌,
아직도 내 안에 살아.

웃음 하나하나
행동 하나하나
내 안에 살아.

그래서 많이 힘들어.
차라리 폰으로 찍었으면
삭제라도 할 텐데.
카메라 없이 찍은 넌,
지울 수 없어 힘들어.

저는 면역력이 강한 줄 알았어요.
예방접종 없이도 1년에 한 번,
감기가 걸릴까 말까 했으니까요.
하지만 당신이 떠난 지금은 면역력이
약해져 시름시름 앓고 있어요.
당신에 대한 예방접종을 미리
맞아둘 걸 그랬나 봐요.

사랑은 어떤 맛일까?
쓸까? 달콤할까?
사랑도 형체가 있을까?
사랑.
너란 놈이 궁금하다.

꽉 잡는다고 내 것이 되는 건 아니다.
그래도 놓치고 싶지 않다.
너란 아이.

내 모든 걸 줘서라도 널 잡고 싶었다.
하지만 줄 것이 아무것도 없었다.

어쩌면 우리,
사랑해도 되지 않았을까?

너는 이슬비처럼 다가와 소나기처럼
내렸다. 네가 떠난 자리는 무지개가
대신하지만, 다시 너에게 흠뻑 젖고 싶다.

지금까지 살아오면서 과거로 돌아가고
싶다는 생각을 해 본 적이 없었어.
하지만 너와 헤어진 후로는 과거로
돌아가고 싶다는 생각을 하곤 해.

자고 일어나면 너를 만나기 전으로
돌아가, 마주치지 않았으면 좋겠어.

사랑을 모르던 나에게,
사랑만 가르쳐준다더니,
이별만 가르쳐준 너.
그래도 널 미워할 수 없어서,
미안해.

나쁘다.
내 마음만 가지고 간 너.
참 나쁘다.

사랑을 알고 싶어요.
사랑을 가르쳐주세요.

그리움이라는 단어가 생소한 나에게,
넌 절실하게 그리움을 남겨주었어.
너와 머문 공간,
너와 나눈 대화,
너와 듣던 노래.
모든 게 너무 그리워.
거리가 어둡게 물들면
넌 그리움으로 다가와,
날 아프게 해.

당신은 착한 사람이잖아요.
저를 아프게 하지 마세요.

기억 건너편
넌 거기 있었고
넌 예뻤다

기억 건너편
넌 다정했고
넌 예뻤다

기억 건너편
넌 사랑스러웠고
넌 예뻤다

너 때문에 날 사랑하는 건지,
나 때문에 널 사랑하는 건지,
가끔 헷갈릴 때가 있다.

그날이 다시 온다면,
너의 신발 끈을 묶어주고 싶어.
널 위해 요리를 해주고 싶어.
너와 커플티를 입어보고 싶어.
너와 커플링을 해보고 싶어.
너에게 편지를 써주고 싶어.

그날이 다시 온다면,
더 바라보고 더 안아주고
더 같이 있고 더 사랑하고
더 행복하게 해주고 싶어.

만약, 그날이 다시 온다면.

보고 싶다.

아무리 좋은 단어를 찾아보려 했지만,

이 단어를 대신할 단어가 없네.

너만 생각하면 왜 짜증 나는지 알아?

미치도록 보고 싶은데, 볼 수가 없잖아.

이제 그만 아파하고 힘들어했으면 좋겠어.

너만 생각하면 마음이 울어.

그러니 그만 슬퍼했으면 좋겠어.

솔직히 내 심정은,

나보다 더 슬퍼했으면 좋겠어.

나보다 더 아파했으면 좋겠어.

내가 보고 싶어 미쳤으면 좋겠어.

게임은 끝났다.
게임을 다시 시작하려면
돈을 넣어야 한다.
그러고 싶진 않다.
그러기에는 상처가 너무 크다.

잊을 수 없기에,
이제 잊기로 했습니다.

그때 네가 진심이었든,
아니었든 상관없어.
그때 난 최고로 행복했으니까.
그거면 됐어.

가을 PART 02

모든 것이 두렵다.
혼자인 것이 두렵고,
같이 있는 것이 두렵다.

버림을 받는다는 것은 슬픈 일이다.
하지만 자기가 버림을 받았는지도
모를 때에는 지금까지 지내 온
현실과 똑같이 살아간다.

과연 이 자는 슬퍼해야 되는 걸까?

당신이 어떻게 살아왔는지,
당신이 누구를 만났는지,
당신이 어떤 상황인지,
저한테는 중요하지 않아요.

난 너에게 첫사랑이길 바라지 않아.
하지만 네가 누구를 만났든
나만큼 사랑한 사람이 없다는 걸
알게는 해주고 싶어.
기회를 주겠니?

어제의 너와 오늘의 내가 만나,
못다 한 사랑을 나누자.

그만 찔러봐, 아파.

네께 아닌데 자꾸 먹으려 드니 탈나지.

진심 없는 마음으로 간 보지 마세요.

찔러본다고 당신께 되는 게 아니잖아요.

내 몸에는 독이 있어.

그러니 날 안지도, 키스도 하지 마.

날 품으려다가, 넌 죽을 수도 있어.

자기 사람 만들려고 애쓰지 마요.

당신이 그 사람 것이 되면 돼요.

난 내가 샀다.

날 사랑하고 싶거든, 날 사라.

그 대가는, 네 마음이다.

좋은 인연을 만나려면 서두르면 안 돼요.

상대의 깊은 내면을 봐야 돼요.

결정을 했으면 진심으로 다가가고,

당신의 모든 걸 줘야 돼요.

제일 중요한 건, 당신을 줘야 돼요.

다른 건 있다가도 사라지니,

사라지지 않는 당신을 줘야 돼요.

아주 깊은 곳에 있는 당신을 말이에요.

당신은 무엇을 주시겠습니까?

나무는 살기 위해 잎을 버린다.
나는 살기 위해 입을 버린다.

가을은 겨울로 가는 길이 외롭지
말라고 낙엽을 깔아주었다.
겨울로 넘어가는 다리가
단풍이 아니라, 너였으면 좋겠다.

바스락거리는 낙엽 소리가,
말라버린 내 심장 소리 같다.

겨울은 봄, 여름, 가을 태교를 하다가
겨울이 되면 눈을 낳는다.
겨울은 많은 눈을 낳는다.
눈에서 그녀 향기가 난다.

봄, 여름, 가을. 봐라만 봤던 당신.
겨울이 돼서야 처음 말을 건넸죠.
첫눈 오는 날.
당신의 입김이 내 앞에 머문 날.
눈에서 당신 향기가 났어요.

계절은 음악과 같다.
계절과 음악은 지우고 싶은
아픈 추억을 상기시킨다.

바람이 난다.
바람이 바람을 타고 난다.
애꿎은 바람이 너에게 난다.
그 바람 타고 너에게 가고 싶다.

너에게 가는 길이,
자궁을 뚫고 나올 때보다
더 험난하구나!

달나라도 가는 세상인데,
당신 마음에를 못 가네요.

걷다보니 터널이 나왔어.

들어갈까, 말까 망설여져.

터널 끝에 당신이 보이는 것 같아.

그래서 어두컴컴한 터널을

한발 한발 내딛었어.

갑자기 불안하고 초조해져.

네가 아닐 수도,

아니 네가 없을 수도 있다는

생각에 뒤돌아 나오고 싶어져.

그러니 나에게 힘을 줘.

이 터널을 무사히 지나갈 수 있게.

은은한 그대 미소는
싱그럽게 피어나 내게 멈췄다.
당신의 미소를 갖고 싶어요.

보고 싶다고, 보여지지 않더라.
만나고 싶다고, 만나지지 않더라.
다 때가 있다는데, 진짜 있겠지?

사랑이 싹트는 데 걸리는 시간은
백만 년 하고 오늘과 내일.

눈으로 하는 사랑보다는,
마음으로 하는 사랑이 좋다.
외모에 빠지면 외모에 질려요.
보이는 게 전부가 아니에요.
보이지 않는 것에 빠져야 오래 가요.

내가 태어난 이유는,
네가 태어났기 때문이다.
그래서 우린, 사랑해야만 한다.

사랑해야 될 이유는 충분하니,
이제 사랑해도 되지 않을까요?

앞만 보고 갈 때는 네 뒷모습만
보이더니, 뒤돌아보니 환하게 웃고
있는 널 봤어. 바쁘다는 핑계로
너한테 너무 무관심했나 봐.
미안해. 앞으로 더 사랑할게.

당신을 만나지 못했다면,
사랑을 몰랐을 거예요.

익숙해지지 마세요.

익숙해지면 말하지 않아도

알 거라는 착각이 생겨요.

착각만큼 무서운 것도 없어요.

애인과의 적당한 긴장감은

권태에 빠지지 않는 비결이에요.

늘 처음처럼 사랑하세요.

적당한 질투는 상대에 대한 배려에요.

무관심보다는 적당한 질투가 나요.

저울질하지 말자.
사랑이 저울은 아니잖아.

사람만 보세요.
사라지는 것들은 채우면 돼요.
사람 아닌 다른 것을 재다 보면
사랑하기도 전에 지쳐요.

사랑하거든 오해하지 마라.
오해의 불씨는 생각보다 뜨거우니.
사랑하거든 오해하지 마라.
그 사랑 활활 타기도 전에 꺼지리라.

우리 서로 사랑해서 만난 거잖아.
그런데 왜 나만 널 사랑하고 있니?
네가 나를 더 사랑했으면 좋겠어.

누군가를 사랑하기에는
너무 어른이 돼버렸다.

사랑은 불완전 유기체인데,
완전한 사랑을 꿈꾼다는 자체가 오류다.
그래도 완전한 사랑을 하고 싶다.

인간은 누구나 완벽을 꿈꾼다.

99%의 인간과 1%의 인간.

99%의 인간이 욕심을 부려,

2%를 만난다면, 100%로의

완벽함이란 없다.

누가 99%인지는 중요하지 않다.

둘이 합쳐 하나가 되면 된다.

누가 잘나고, 못나고를 따질 시간에

더 많이 아끼고 사랑하자.

당신의 사랑은 몇 %입니까?

사랑을 하되,

그 사람 것이 되지 마라.

사랑을 하되,

당신 것이 되지 마라.

사랑을 하되, 사랑만 해라.

사랑하세요.

사랑하는 것처럼 말고,

진짜 사랑을 하세요.

사랑에 진심을 담아주세요.

진심 없는 사랑은 사양할게요.

준비 안 된 이별은 당혹스럽다.
최소한 추스를 시간을 주고 이별하자.
그게 매너고 도리다.

꼬실 때는 별이라도 따줄 것처럼
유혹하더니, 자기께 됐다고 나몰라하네.
나 아니면 죽을 것 같던 네가,
이제 나만 아니면 된다며 준비 안 된
나에게 이별을 고하네.
잘 가라.
널 잡기에는 내가 너무 고귀하다.

여자의 '잘 가'라는 말은
'제발 가지 마'라는 뜻입니다.

내가 삐에로니?

그만 가지고 놀아.

내가 장난감은 아니잖아.

너의 바람은 정당화될 수 없으며,

정당화돼서도 안 된다.

결국 양다리는 찢어진다.

양다리는 한 영혼을 죽이는 행위에요.

그러므로 양다리는 사형에 처해야 해요.

바람과 사라진 당신.

저는 당신을 원망하지 않아요.

다만 스치는 바람만 원망할 뿐이에요.

난 널 선택했고, 넌 날 선택했다.

그래서 우린 사랑했다.

난 널 선택했고, 넌 널 선택했다.

그래서 우린 이별했다.

네가 날 버렸던가?

내가 널 버렸던가?

우린 누구에게 버려진 걸까?

제가 아는 연인이 있었어요.

연인의 눈에는 하트가 새겨 있었죠.

하지만 시간은 질투가 많은 녀석이었어요.

시간은 두 사람을 갈라놓기로 마음먹었죠.

결국 연인은 원수가 됐어요.

하나가 된다는 것은

둘이 되는 것보다 어렵다.

누가 사랑은 꽃보다 아름답다 했는가?

이제 너에겐,
아무것도 주고 싶지 않아.
바뀐 번호, 그리고 내 시간과 마음.
그러니 얼쩡거리지 말고 꺼져줘.

너에 대한 마음은 이미 죽었으니,
다시 살리려고 애쓰지 마.
너에 대한 마음이 바뀔 것 같으면
애초에 죽이지도 않았어.

진심이야. 정말 진심이라고.
이리 말하는 내가 밉다.

널 너한테 양보할게.
잘 지내줘.

퉁퉁 부은 눈으로 보낼 수밖에
없는 내 마음을 알기나 하니?
잡는다고 잡힐 네가 아니기에
널 깨끗이 보내주기로 했어.

가질 수 없다면 버려라.
그래야 상처를 덜 받는다.

때로는 미련 없이 버릴 용기도 필요해요.
떠난 사람은 잡아도 돌아오지 않아요.
힘들게 잡지 말고 그만 놔주세요.

널 잊으려, 발버둥 칠수록
올무의 덫처럼 더 조여오고
발에 족쇄라도 찬 것처럼
널 벗어날 수가 없어.
제발, 내 마음에서 떠나줘.

난 네가 없어도 살 수 있어.
단지 폐인이 될 뿐이야.

너무 아파하지 마세요.
미련 두지 마세요.
그러기에는 시간이 부족해요.
앞으로 행복하기만 해요.

삶은 항상 의미가 있다.
우리 만남이 그랬고,
우리 이별이 그랬다.

비가 내린다.

고독이 떨어진다.

슬픔이 떨어진다.

추억이 떨어진다.

빗방울 하나하나마다 의미가 있다.

그래서 비가 오면 센티해지나보다!

비의 속삭임을 들어본 적이 있나요?

며칠째 비가 내린다.

네가 사무치게 그리워, 편지를 쓴다.

편지로 만든 종이배를 띄운다.

종이배가 너에게 닿기를 희망한다.

비는 늘,
내 허락 없이 내린다.
그녀의 눈물처럼.

창문으로 흐르는 빗방울.
김 서림 위에 비가 그린 너.
비는 추억의 화가.

빗소리에 취한 밤 소리.
흐느적거리는 뇌와 뇌.
갈팡질팡하는 잠.

사랑할 때보다 이별할 때
시간이 더 느리게 간다.

당신이 떠난 날,
너무 아파 병원을 갔어요.
의사는 마음의 병을 고치지 못했어요.
이 병은 당신만이 고칠 수 있나 봐요.
그러니 다시 돌아와요.

가란다고 진짜 가냐?
더 사랑해달라는 말이었지.
진짜 이별하자는 얘기가 아니었잖아.
이 바보 똥꼬야.

투명인간이 된 당신.

보이지는 않지만,

당신의 숨결이 느껴져.

만질 수는 없지만,

당신의 체온이 느껴져.

이제 내 앞에 나타나 줘요.

보고 싶어요.

당신이 부를 수 있는 최대한 다정한

목소리로 제 이름을 불러주세요.

당신과 듣던 노래는 참 감미로웠어요.
헤어지고 우연히 듣게 됐는데,
저도 모르게 눈물이 흘렀어요.
왠지 모르게 마음이 아팠어요.
같이 들을 수 없어서 미안해요.

가사 한 마디에 이렇게 무너질 줄은
몰랐어요. 당신이 불러줬기에,
더 아팠나 봐요.

음악은 추억을 부르고,
눈물샘을 자극한다.

TV에 나오는 수많은 맛집들.
그런데 내 맛집은 찾을 수가 없네.
너랑은 어디를 가도 맛집이었는데,
이젠 뭘 먹어도 허하네.

다 재미없다.
너랑은 뭘 해도 재밌었는데.

내 미각까지 가져간 당신.
당신 때문에 웃음도 잃었습니다.

당신이 떠난 후

심장을 산산 조각냈더니,

당신이라는 사리만 나오네요.

제 심장의 9할은 당신이었나 봅니다.

내 심장이 되어 날 지켜주겠다던 당신.

얼어버린 제 심장을 녹여주세요.

당신의 목소리가 그리워요.

당신의 눈빛이 그리워요

당신의 향기가 그리워요.

허기진 제 마음에,

당신을 채워주세요.

지나가다 '옷수선'이란 간판을 봤어.
문득 '마음 수선은 안 될까?'라는
생각이 들었어. 그러면 안 좋은
추억은 다 버리고, 좋은 추억만
가지고 살 텐데.

안 좋은 추억을 다 잘라버리면
내 추억은 하나도 없겠구나!

난 남이 가진 걸 못 가졌고
남이 못 가진 걸 가졌다.
좋은 걸까? 나쁜 걸까?
가끔 헷갈릴 때가 있다.

사랑했던 사람과 헤어졌나요?
당신도 이별 다이어트가 필요하겠네요.
이별 다이어트 중에 최고는
또 다른 사랑을 하는 거예요.
그게 아니라면 그냥 놔두세요.
시간이 지나면 저절로 빠져요.

사랑과 이별이 싸우면 누가 이길까요?
이별보다 사랑이 센 것 같아요.
이별이 아무리 아프더라도
다시 사랑을 하는 걸 보면
사랑이 이별보다 센가 봐요.

때론 맞고 때론 틀리다.

다시 사랑을 시작할 때는,
거짓된 사랑에 속지 마세요.
사탕발림에 넘어가지 마세요.
의심이 드는 사랑은 하지 마세요.
연민을 사랑이라 착각하지 마세요.
외로움을 사랑이라 착각하지 마세요.

사람이 있으니 사랑이 있고
사랑이 있으니 사람이 있네.
사람과 사랑은 공생관계.

이제 아픈 사랑은 하지 마세요.
당신의 사랑이 행복했으면 좋겠습니다.

겨울 PART 01

한 남자가 있었어요.
알코올 중독자인 남자는 갖은 욕설과
폭행으로 가족들을 괴롭혔어요.
결국 아내는 자살하고,
아이는 버려졌어요.

30년이 지나,
남자는 자원봉사자들이 가져다주는
음식으로 생계를 유지하는 독고노인이
돼 있었어요. 남자의 쭈글쭈글한 눈은
항상 눈물이 맺혀있었죠.
자원봉사자가 힘내라고 말하면서 속으로
늙은 아비를 버린 자식을 욕했어요.

이 이야기는 팩트가 아닌, 허구다.
우린 보이는 것만 보는 성향이 있다.
눈이 있어도 보지 못하는,
눈먼 자들과의 동침.
과정은 뒷전, 결과만 보는 우리들.
보이는 것에 속아, 보이지 않는
진실은 외면하네.

이게 팩트다.

진실은, 늘 거짓의 포로.

입으로 들어가는 것은 자신을
살찌우지만 입에서 나오는 것은
자신과 타인을 헤친다.

입에서 나오는 것들.
마음에서 나오는 것들.
과연 진심이었을까?
진심이었다면,
몇 분짜리였을까?

참된 세상은 쇼가 아닌데,
어느덧 쇼를 잘하는 사람들의
세상이 되어 버렸다.

언론은 당신의 이념과 돈을
좌지우지할 수 있다.

그대의 눈은 많은 것을 볼 수 있다.
그러나 손가락 하나면, 모든 걸 가릴
수 있다. 그대여, 너무 자만하지 마라.

거짓에 현혹되면 진실을 볼 수 없어요.
진실을 볼 수 있는 눈을 키워야 돼요.
그러려면 욕심을 버려야 돼요.

갑자기 말이 많은 사람의 특징은
변명할 게 많거나 숨기는 게 많다.

거짓은 빠르게 흡수되고
진실은 느리게 흡수된다.
거짓은 빠르게 증발되고
진실은 증발되지 않는다.

잘못한 건 빨리 인정하는 게 좋아요.
핑계 댈수록 구차한 변명처럼 들려요.
잘못한 게 있으면 사과하세요.
사과는 부끄러운 게 아니라,
용기 있는 행동이에요.

비밀은 감춰라.
그래야 네가 살고 관계가 유지된다.

자신의 비밀을 공유하고 싶거든.
한 명에게만 말해보세요.
그럼 모두가 알게 될 거에요.
비밀은 혼자만 간직하세요.

침묵은 언어의 마술사며,
자신을 지키는 방패입니다.

미움받을 준비가 되셨나요?
당신은 누구에게, 미움을 받고 싶나요?

세상에 그 누구도 미움을 받고 싶은
사람은 없을 거예요. 하지만 뜻하지
않게 미움을 받을 때가 생겨요.
그럴 때 우리는 어떻게 대처하는 게
현명할까요?

일일이 다 대응하려 하지 마세요.
그냥 생까고 넘어가요.

사람은 누구나 화산과 같다.

언제 터질지 모르니, 화를 돋우지 마라.

착하다고, 조용하다고 쉽게 보지 마세요.

조용한 사람이 한번 터지면 무섭습니다.

걷잡을 수 없는 비극을 맞이하고 싶지

않다면 그냥 놔두세요.

부부관계, 애인 관계, 친구 관계.

편하다고 함부로 대하지 마세요.

자기가 싫으면, 남도 싫은 거예요.

굳이 확인하려고 애쓰지 않아도 돼요.

지키고 싶은 것과 지켜야 할 것은
때론 다를 수 있다.

욕심내셨으면 좋겠어요. 때로는
자신밖에 몰랐으면 좋겠어요.
자신의 몸을 아끼고 사랑했으면
좋겠어요. 자신을 소중히 생각하고
함부로 대하지 않았으면 좋겠어요.
몸이, 돈이 되면 슬프잖아요.

가치의 오류.
지켜야 할 것은 버리고
버려야 할 것은 탐하네.

갈수록 작가가 많아진다.

그들은 한결같이 소설을 쓴다.

그들은 누군가에게 무슨 일이 생기면

자기만의 집필로 상상의 나래를 펼친다.

주인공이 죽든, 말든 그건 뒷전이다.

남을 비방하거나, 조롱하지 마세요.

상대는 누구의 가족이며, 친구며,

애인이며, 자기 자신일 수 있어요.

마음속에 상대의 생각을 품지 마라.

생각지도 못할 때 독을 품고 나온다.

상대를 생각할 때는

좋은 생각만 하세요.

나쁜 생각을 품고 있으면

자신도 모르게 상처를 줄 수 있어요.

상대가 변한 게 아니에요.
당신이 그 사람의 좋은 면만 보고
그게 전부인 것처럼 단정 지었기
때문이에요. 그 사람 안에는 수많은
것이 존재해요. 마치 당신처럼요.
관계가 지속되려면 상대의 일부만
보지 말고 전부를 봐야 돼요.

사람들은 좋은 모습만 보여주려 한다.
시간이 지나, 안 좋은 모습이 보이면
변했다고 실망한다. 사실은 첫 모습이
변한 모습이었는데, 거꾸로 본다.

세상에는 여러 부류의 사람이 있다.
누구를 좋아하든, 싫어하든
모두가 사람이다.

돌고 도는 세상에서
사는 것도 사람이고
남는 것도 사람이다.

누구를 미워할 필요도,
누구를 원망할 필요도 없다.
우린 그냥 사람이기 때문이다.

그 누구에게도 돌을 던지지 마라.
우린 단지 공존할 뿐이다.

난 밤 소리를 좋아한다.
밤 소리가 요동치면 잠들었던
세포들이 기지개를 편다.
밤이 깊어질수록 펜은 바빠지고
새 생명이 수줍게 태어난다.

모두가 잠든 새벽,
생각을 바라본다는 것은
참 낭만적이다.

어둠에 빛이 내리니,

보일 듯 말듯 피어나는 은은한 향.

흰색 테두리에 갇힌 검은 눈동자.

넌 비였고, 난 우산이었다.
넌 내렸고, 난 막았다.

네가 떠난 후
무지개를 기대했건만
마음이 갈라지는 가뭄이었다.

네가 다시 왔으면 좋겠다.
그땐 모든 걸 내려놓고
널 맞을게.

눈도 못 뜬 아기 새가 떨어졌다.
아기 새는 영원히 눈을 감았다.

아기 새를 땅에 묻었다.
아기 새는 나무로 태어났다.

나도 땅으로 돌아갈 때쯤,
다시 찾은 나무에는
새가 주렁주렁 매달려 있었다.

언어도 숨을 쉰다.

단어는 하나의 객체며,

살아 숨 쉰다.

객체가 모여 시가 되고,

소설이 되고, 음악이 된다.

음악은 귀로 들어와,

뇌에 멈추고,

가슴으로 스며든다.

음악에 취해

음악에 운다.

강아지는 아기와 같다.

입이 있어도 말을 하지 못한다.

'저를 입양해주세요'

당신이 버린 강아지가 하는 말입니다.

또 다른 가족은

오늘도 말없이 길을 헤맨다.

살아있는 건, 모두 관심을 필요로 한다.

우린 그들에게 따뜻함을 전해야 한다.

우린 그들에게 많은 빚을 졌다.

그들의 영토는 우리 영토가 됐으며

그들의 집은 우리 집이 됐으며

그들은 원치 않는 이산가족이 됐으며

그들은 만남을 앞두고 인간들이 깔아놓은

아스팔트에서 죽음을 맞이한다.

우린 반성하고, 그들을 감싸야 한다.

프리허그처럼,

프리댓글도 있었으면 좋겠다.

따뜻한 댓글로,

따뜻한 세상이 만들어졌으면 좋겠다.

모두가 행복한 세상은 오지 않는다.

그래서 더 그런 세상이 오길 바란다.

행복하고 싶으세요?

그럼 가는 곳마다 행복을 심으세요.

사랑받고 싶으세요?

그럼 가는 곳마다 사랑을 심으세요.

힘들어하는 친구가 있나요?
그럼 따뜻하게 안아주세요.
때로는 거창한 말보다 따뜻한
온기가 필요할 때가 있습니다.

진심을 전해주세요.
진심은 따뜻합니다.

진심이 살아있는 사회.
우리가 사는 사회가
그런 사회였으면 좋겠다.

당신의 라이벌은 누구입니까?

경쟁을 하는 순간, 당신은 끝나지 않는
싸움을 하게 될 겁니다.
경쟁자를 이기면 또 다른 경쟁자가
생기고 또 다른 경쟁자를 이기면
또 다른 경쟁자가 생겨날 겁니다.
결국 경쟁하다가 생을 마감하겠죠.

경쟁자 대신 함께할,
친구를 만들어보는 건 어떨까요?

돈이 많은 친구도 아닌,
학벌이 좋은 친구도 아닌,
인기가 많은 친구도 아닌,
당신이 지치고 힘들 때,
진심으로 '괜찮아'라고
말해줄 수 있는 친구를요.

월요일이 싫다고 투정하지 마라.
월요일은 월요일이고 싶어서
월요일이겠냐? 그리고 월요일이
없으면 금, 토, 일도 없다.

사는 게 항상 즐거울 수만은 없어요.
싫은 걸 이겨내야 좋은 것도 가지죠.
월요병에 걸린 당신.
곧 퇴근이니, 조금만 버텨 봐요.

당신이 사는 나라는
금, 토, 일, 일, 금, 토, 일만
있었으면 좋겠습니다.

삶의 무게를 얕보지 마라.
상상 이상으로 무겁다.

신중하고 신중하되,
빠르고 느리게 자유를 갈망하라.

선택은 신중을 가하고,
빠르고 느리게 조율하며,
자신만의 유토피아를 창조하라.

밤을 헤매는 어둠처럼,
갈 곳 잃은 그림자들.

어둠 속에서 핀 꽃은
태양을 갈망하지 않는다.
단지 자신을 못 볼 뿐이다.

누구에게는 또 누구에게는
아름답거나 아름답지 않은 밤이다.

낮보다 밤이 아름다운 건,
현실이 어둠에 가려졌기 때문이다.

어둠의 그림자는
빛의 그림자보다 어둡다.
어차피 그림자가 될 거라면,
빛의 그림자가 되라.

밝지 않아도 되니,
빛이 되라.
어둠은 차고 넘치니,
빛이 되라.

빛으로 산다는 건,
어둠으로 사는 것보다 밝다.

산다는 것은 즐겁지도,
슬프지도 않다.
단지 그 의미를 상실했을 때,
흔적도 없이 사라진다는 것이
슬플 뿐이다.

밤이 밤이 아닌, 낮이 낮이 아닌
그냥 그냥이었으면 좋겠어.

낮과 밤이 바뀌면 어떻게 될까?
그래서 그냥 그냥이었으면 좋겠어.

인간들은 화려해지기만을 좋아해.
화려한 색을 자신한테 칠하면,
자신도 화려해진다고 생각하지.
그건 잘못된 생각이야.
그 화려한 색들이 모여 검은색으로
변한다는 걸 인간들은 몰라.

네온사인에 물들어 버린 사람들의
정욕과 탐욕 그리고 혼돈.
쾌락과 타락의 배고픈 세대들이여!
빛이 있다고 날아가지 마라.
태양은 충분히 당신을 삼킬 수 있다.

태어나지도 못하고 죽은 새 생명.
태어나자마자 사라진 새 생명.
인간의 탈을 쓴 인간들은 잔인하다.

인간이 눈을 뜨는 순간,
범죄는 시작된다.

인간만이 발전이라는 명목으로 모든 걸
파괴시킨다. 그리고 발전이라는 명목으로
새롭게 만든다. 새로운 것이 만들어질수록
지구는 병들어간다.

양심이 사라진 인간들은 좀비가 됐으며
좀비는 더 많은 인간들의 영혼을 파괴시킨다.
우린 우리가 파괴시킨 자연에서 친환경과
유기농을 선호하며 또 다른 파괴로
하루를 시작하고 하루를 마무리한다.
결국 인간들은 악순환을 반복하다가
자신들이 오염시킨 흙으로 돌아간다.

우린 빛을 얻은 대신에 반딧불을 잃었다.

하늘은 구멍이 나고 공기는 오염됐으며
빙하는 형체를 알아볼 수 없을 정도로
빠르게 사라지고 산림은 불태워졌다.
자연은 병들어가고 파랑새는 떠났으며
우리는 익숙한 삶에서 병들어가고 있다.

인간들은 자기 생각밖에 안 해.
우린 이렇게 죽어가고 있는데 말이야.

자연이 칼을 가는 소리가 들리지 않는가?

사람들은 별에게 소원을 빈다. 하지만
별의 소원은 궁금해하지 않는다.
별은 일방적으로 들어주기만 한다.
별도 말을 했으면 좋겠다.
별의 소원은 뭘까?
궁금하다.

우린 각자의 공기를 마시며
자신만의 공간과 시간에서
하늘과 바다를 공유한다.
그런데 누구는 오염시키며
누구는 정화시킨다.

작은 바람이 있다면,
당신은 정화시키는 쪽에
있었으면 합니다.

세상에 당연한 건 없다.
네가 마시는 물과 공기.
청명한 하늘과 바다.
어둠을 밝히는 달과 별.

입이 맛이 아닌,
냄새를 맡으면 어떻게 될까?
그럼 향수가 제일 맛있을 것이며,
키스와 애무는 사라질 것이며,
사랑은 도태되어 사라질 것이다.

세상에 그냥이란 건 없다.
감사하고 감사하자.

의외로 답은 간단하다.

질문이 복잡할 뿐이다.

답은 정해져 있는데, 질문을 제대로

못하니까 인간들은 답을 찾지 못한다.

'난 왜 불행할까?'라고 묻지 말고

'과연 행복해지려면?'이라고 묻는다면

그나마 원하는 답을 찾을 수 있다.

우린 태어나자마자, 죽음을 기다리며
살아갈지도 모른다. 그나마 죽음은
모두가 평등해서 다행이다.

죽음은 또 다른 희망.
죽음은 가장 아름다운 삶.

여기서 말하는 죽음은 삶이 끝난
죽음이지, 자살은 아니다.

일회용 삶

일회용 공기

일회용 하루

일회용 일터

일회용 사랑

일회용 관계

일회용 죽음

일회용 나

일회용으로 태어나,

일회용으로 죽는구나!

당신은 어떻게 죽고 싶나요?

끝이 있으니 시작이 있고
시작이 있으니 끝이 있다.
삶과 죽음의 경계는 없다.

내일 죽는다면,
당신은 무엇을 하시겠습니까?

각자 하고 싶은 일이 다를 수는 있겠지만
그 일이 가장 중요한 일일 겁니다.
근데 왜 미루고 있나요?
시간은 기다려주지 않습니다.

지금 하세요.
당신에게 가장 소중한 일을.

과거와 미래가 만나, 현재를 낳았다.
과거에 살던 넌, 현재를 지나, 미래에 산다.

과거가 불행이라면
미래는 행복이다.
과거가 행복이라면
미래도 행복이다.
그래서 현재가 중요하다.

과거는 또 다른 미래며
현재는 또 다른 현재다.
과거와 미래의 다리는 현재며
현재와 현재의 다리는 현재다.

과거는 잠들고
현재는 꿈꾸고
미래는 피어라

미래에도 지금처럼 전쟁이 있었지.

미래에도 지금처럼 살인이 있었지.

미래에도 지금처럼 강간이 있었지.

미래에도 지금처럼 사람이 있었지.

미래에도 지금처럼 사랑이 없었지.

우린 어디로 가고 있는 걸까?

그 누구도 묻지 않았고,

그 누구도 대답하지 않았다.

겨울 PART 02

리셋.
나만의 세상에 발을 들이다.

노을을 보고 새가 되려 한다.
날개가 타들어 갈 때까지 퍼덕인다.
힘에 부치지만 도달해야 한다.
저곳만이 나의 유일한 유토피아다.

날개를 활짝 펴고
쉬지 말고 저어라.
할 수 있다. 난 할 수 있다.
저곳에 도착해 나만의 공기를 마시며
진짜 새가 돼야 한다.

이 길이 내 길이 아니더라도
한발 한 발 내딛다 보면
내 길이 될 것이다.

처음부터 길인 곳은 없다.
가다 보면 길이 된다.
난 걷고 또 걸을 것이다.

고통 속에 피는 꽃은 행복.
고통 없는 행복은 행복하기도 전에
사라질 확률이 높다.

난 고독에게 글을 배웠다.
그래서 내 글은 고독하다.

고독을 즐기는 자에게는 고독은
둘도 없는 친구가 될 것이다.
그래서 난 고독이다.

어두운 건 밤이지,
내가 아니다.
난 어둡지 않다.
단지 고독할 뿐이다.

사랑을 만나고
사랑에게 글을 배웠다면
내 글은 달라졌을까?

백열등이 목을 매고 자살을 시도한다.

'깜빡깜빡'

건망증이 심해진 건가?

아니면 치매인가?

방금 뭘 하려 했는지,

기억이 나지 않는다.

잃을 게 없는데,

뭔가 잃어버린 느낌이다.

빛은 있으나, 내 빛이 아니며
님은 있으나, 내 님이 아니며
내가 있으나, 내가 아니다.

언제부턴가
내 안에 나는,
내가 아닌,
내가 되어 날 배신한다.

내가 만든 감옥은
너무 깊어서 혼자 나올 수가 없어.
내 손 좀 잡아줄래?

하늘은 높고 푸른데

난 낮고 어둡고.

해는 뜨고 지는데

난 지고 또 지고.

계절은 변하는데

난 그대로네.

내일 없는 오늘.

난 늘, 오늘이 오늘.

내 과거는 99% 부족한 추억일 뿐.

잠이 들었다.

꿈을 꿨다.

꿈이 꿈을 꿨다.

꿈이 깼다.

깨보니, 모든 게 허상이다.

하늘이 열리고, 땅이 꺼지니,
난 무중력상태.
지구가 멸망하는 날.
난 어디에 있을까?

나의 죽음은
달콤하지 않을 것이며,
통곡할 자가 없을 것이며,
어둠보다 짙은 어둠에서
울부짖을 것이다.

어둠이 짙게 깔린 허공에서
한 줄기 빛을 보리라.

경험해야 될 것은 경험하지 못하고,

경험하지 말아야 될 것만 경험했다.

사랑은 날 외면했으며

사랑은 날 위로하지 않았고

사랑은 날 고독에게 넘겨주었다.

내 뇌는 배우지 못했으나,

내 육체는 많은 경험을 했고

내 마음은 많은 걸 보고 배웠다.

내 머리에게 명하노니, 이제 행하라.

네가 보고 들은 걸 전하라.

땅끝까지 가서 전하라.

시작과 끝이 살아있음을.

죽고 싶으나,

살고 싶다.

살고 싶으나,

죽고 싶다.

나는,

나는,

살고 싶다.

내가 흘린 눈물이 비로 내렸다면,

태양은 사라졌을 것이다.

난 왜, 나로 살아야 되는 걸까?

가끔 난, 내가 불쌍하다.
날 만나지 말고,
다른 사람을 만나지.
왜 난, 나를 만났을까?
미안하다. 내가 너라서.

거울을 보는데, 눈물이 났다.
내가 날 봤을 뿐인데,
눈물이 한없이 흘렀다.

시인이 우니, 시가 우네.

내 영혼이여!
내 영혼을 떠나지 마소서!

심장이 터질 것 같아.

그래서 글을 써.

난 살인자다.

수많은 글을 죽였다.

죽은 영혼들을 위로한다.

한 줄을 얻기 위해

노트 한 권을 쓸 때도 있다.

한 줄을 얻었을 때 희열과 감동.

아쉽게도 아직까지는 느끼지 못했다.

내가 사라져도,

사라지지 않는 글을 쓰고 싶다.

얼마나 많은 종이가 사라져야

사라지지 않는 글을 쓸 수 있는 걸까?

보이는 글은 식상하다.

보이지 않는 글을 써야 한다.

보이지 않는 글은 노력만으로 되지 않는다.

그래서 더 가치가 있다.

보이지 않는 글은 살아있다.

살아있는 글은 오래 간다.

난 살아있는 글을 쓸 것이다.

살아서 쓰지 못한다면,

죽어서라도 써낼 것이다.

예술은 미치거나,

아이처럼 순수해야 된다.

그래야 무에서 유를 창조할 수 있다.

씹을수록 맛있는 글을 쓰고 싶었어요.

입맛에 맞을지는 모르겠지만,

맛있게 먹어줬으면 좋겠어요.

글도 사랑도 숙성돼야 맛있다.

완벽한 편집이란 존재하지 않는다.
완벽한 편집을 고집한다면,
더 이상 책은 세상에 나올 수 없다.

"첫 책이 망했는데, 또 책을 낸다고?
 그러다가 또 망하면?"
"또 쓰면 되지."
"그것도 망하면?"
"또 쓰면 되지."
"이건 만약이야. 기분 나쁘게 듣지 마.
 죽을 때까지 계속 망하면 어떡할래?"
"뭐, 어쩔 수 없지. 그래도 난 하고 싶은
 일을 하면서 산 거잖아. 그거면 됐어."

이 세상에 진정한 내 편은 나밖에 없다.

사람들은 말한다.

네가 글을 써?

네 주제에….

내 주제를 함부로 논하지 마라.

내 주제는 내가 정한다.

나를 가장 잘 아는 사람은 바로 나다.

그래서 글을 쓴다.

글을 쓰는 건 자신과의 싸움이다.

결코 쉽지 않은 길을 선택했다.

오늘도 펜을 잡는다.

쓰고 쓰다 보면,

척박한 종이에 단비가 내리리라.

내가 원하는 삶은, 사람들이

날 알되, 날 모르는 삶이다.

희망이 추락했다.

더 이상 버틸 힘이 없다.

수분이 다 빠져나갈 때까지 흐느낀다.

이러다가 가루가 되어

흔적 없이 사라질 것만 같다.

눈물은 아픔을 먹고 산다.

날 사랑하는 나여!

나보다 더, 날 사랑하는 나여!

나, 널 위해 꽃 피우리라.

눈을 뜨니, 어둡다.

세상은 검은 도화지에 검은 그림.

모두가 까맣다.

보이는 건 모두 돌아섰고

보이지 않는 건 침묵뿐이네.

악몽에서 깨니,

또 다른 악몽의 시작.

죽은 삶이란,

수명을 다해 사라지는 것이 아니라

의미를 상실한 삶이, 죽은 삶이다.

절망은 삶의 원천.
절망은 나를 강하게 만들고
죽어가는 나를 살린다.

반복되는 실패
반복되는 좌절
반복되는 방황

아직 끝나지 않았다.

극복할 수 있다.
난 할 수 있다.
지금부터 시작이다.

결국 꽃은 피리라.

내 길을 막지 마.
바다가 되어 기다릴 테니.

걱정해주는 것은 좋은데,
진심 없는 걱정은 사양할게요.
그러니 제 길을 방해하지 마세요.
바다가 되어 기다릴 테니,
천천히 오세요.

어떠한 고난과 역경이 오더라도,
비틀거릴지언정, 쓰러지지는 않겠다.
목숨이 다하는 날까지 글쟁이로 남겠다.

난 내 기약 없는 미래를 사랑한다.

반드시 끝은 있다.
그 끝을 보리라.

옳고 그름의 반복 속에,

풀리지 않는 삶의 실타래.

그 안에 우리.

누군가 물었다.

"눈이 나쁜데, 왜 안경을 안 끼세요?"

그래서 이렇게 대답했다.

"안경을 끼면 세상이 너무 잘 보여서요."

나이가 드니, 모든 게 퇴화한다.

그래서 내 나이를 좋아하게 됐다.

이데올로기는 인간이 만든 최악이다.
얼마나 많은 생명들이 죽어 나갔던가.

그들의 죄가 무엇이더냐?
그들의 피 흘림은 누구 것이냐?
그들의 죽음을 무엇으로 보상할 거냐?
이데올로기. 널 무참히 짓밟고 싶다.

성폭행범들은 나에게 감사해라.
내가 머리만 좋았어도
너희들은 사형을 면치 못했고,
내가 싸움만 잘했어도
너희들은 이 세상에 존재하지 않았다.
이렇게 하찮게 성장해준
나에게 감사해라.

강아지 새끼를 개새끼라고 부른다.

'개새끼'

그냥 강아지 새끼를 부르고 싶었다.

우린 법 앞에 평등하다.
그런데 너무 평등하다.
때론 불평등했으면 좋겠다.

우린 말도 안 되는 세상에서 살아간다.
정상과 비정상. 논리와 비논리.
정상과 비정상의 경계도 모르면서
논리와 비논리로 싸운다.
어폐와 모순덩어리인 이곳에서
난 밥을 먹기 위해 글을 쓴다.

상처로 얼룩진 삶이여!
상처로 얼룩진 시간이여!
뇌는 멈추고, 심장은 춤춰라.

내 나이 벌써 칠십하고 여든.
오늘 태어난 것 같은데,
벌써 죽었구나!

어디에 구멍이 났길래,
나이가 새는 걸까?

하나 안에 둘.

진실과 거짓. 모두 죽었다.

살아 숨 쉬는 건, 모두 죽었다.

단지 흉내만 낼 뿐, 모두 죽었다.

세상에는 진실도 거짓도 없어.

단지 존재감만이 숨 쉴 뿐이야.

존재감은 자연스럽게 시작해서,

자연스럽게 끝나지.

수많은 가짜와 진짜의 대립.

승자가 없는 무한대 싸움.

가면 속에 가려진 우리.

그 가면 얼마에 팔 텐가?

지구본을 돌렸다. 지구본이 돌아가는
모습이 마치 지구가 도는 것 같았다.
지구본을 빠르게 돌렸다. 지구가
빠르게 돌았다. 초점을 잃은 눈이
사람들로 향했다. 사람들이 돌았다.
지구가 돌고 사람들이 돌았다.
모두가 돌았다.

시간도 좋은 시간과 나쁜 시간이 있다.
좋은 시간은 1분 1초도 낭비하지 않고
자신과 딱 맞는 톱니바퀴처럼 돌아간다.

반면 나쁜 시간은 자기가 주인인 마냥,
사람들을 질질 끌고 간다. 결국 시간에
쫓겨 아무것도 하지 못하게 만든다.

당신의 시간은 어떤 시간인가요?

어른이 되고 싶지 않았다.
하지만 어른이 아니면 될 수 있는 것이
아무것도 없기에, 그냥 어른이 됐다.

어둠은 빛을 시기하여
더 어두운 밤을 만들고,
나는 날 시기하여
더 고독으로 빠트리네.

하루 속에 갇힌 나.
시간 속에 갇힌 나.
난 언제쯤 벗어날 수 있을까?

봄

기다리는 그대는 안 오고
봄이 오고 있네요.
꽃피는 봄날, 커피 한잔할래요?

혹독한 겨울을 버티고,
봄의 나라에 온 걸 환영합니다.

welcome to spring

태양이 빛을 낳는다.
아름답다.
이슬에 빛이 내리니
무지개가 춤을 춘다.

바람이 핏줄을 타고
이동하는 것처럼 상쾌하다.

겨울이 리셋 되고, 봄이 시작됐네요.
눈이 날리던 자리에 벚꽃이 날리니,
마음이 싱숭생숭.

봄은 널 위해 꽃피우는데,
넌 봄을 위해 뭘 했니?

봄을 사랑하는 그대여!
어서 꽃피우게나.
내가 거름이 돼줄 테니,
넌 꽃이 되라.

꽃이 아름다운 것은 피기 때문이다.
네가 아름다운 것도 피기 때문이다.

봄비가 내리면
새싹이 자라고
네가 핀다.

봄은 잠자던 사랑을 깨운다.

진심은 뿌리요.

소통은 줄기요.

칭찬은 잎이요.

사랑은 꽃이라.

진심은 깊게, 소통은 자주,

칭찬은 많이, 사랑은 활짝.

진심, 소통, 칭찬, 사랑은

우리가 갖춰야 할 의무.

끌림

너 때문에 '끌림'이라는 단어를 검색해봤어.
'무언가에 관심이 가거나 마음이 가는 것'
그래서 너한테 끌렸나 보다!

공백
'네가 들어올 빈 공간'
- sh 사전

소소하지만 못다 한 이야기.
그런 얘기, 해줄 수 있나요?

당신이 되고 싶어요. 날 사랑하듯,
당신의 모든 것을 사랑하고 싶어요.

사랑은 자신이 아닌, 상대가 되는 것.

그녀의 프로필이
'이불 밖은 위험해'로 바뀌었다.
그녀의 이불이 되고 싶다.

당신의 베개가 되어,
당신의 뺨을 만지고 싶어요.
당신의 이불이 되어,
당신과 잠들고 싶어요.

우리 꿈속에서 만나면
더 행복해져요.

내 마음은 임시휴업 중.

'1115'

제 비밀번호예요.

아무도 모르게 들어오세요.

기다리고 있을게요.

난 세상에서,

제일 예쁜 여자를 만날 거야.

내가 널 만나거든.

네가 세상에서 제일 예쁜지 알아.

내 나침반이 향하는 곳은 오직 너뿐.

기다려, 네가 어디든 찾아갈게.

있지 난,

너만 좋아.

제 꼬리가 보이지 않나요?

당신을 볼 때마다 흔들고 있는데.

나 미쳤나 봐.

너만 보면 설레.

눈은 너를 보는데,

심장이 요동쳐.

나, 너 사랑하나 봐.

세상에는 비밀이 없대.

내 마음도 곧 탄로 나겠지?

네가 있어야 내가 완성돼.
내 인생에 마지막 퍼즐은 너야.

널 위해, 날 위해, 우릴 위해
하루라도 더 살고 싶어졌어.

너의 눈에서는 빛이 나.
태어나서 처음 보는 빛.
범접할 수 없는 빛.
그 빛을 보며 잠들고 싶다.

제대로 쳐다보지 못하겠어요.
당신이 닳을까 봐.

그동안 백설 공주가 제일 예쁜지
알았어요. 당신을 본 순간,
공주한테 사기당한 걸 알았죠.
태어나줘서 고마워요.

공주보다 예쁜 넌,
언제 봐도 예뻐.

널 보면 신기해.
어떻게 천사가 인간한테 나올 수 있는지.
혹시 부모님도 천사?

이건 정말 궁금해서 물어보는 건데,
넌 언제부터 그렇게 예뻤어?

꽃보다 예쁜 넌,
그림자마저 예뻐.
널 보면 내가 예뻐져.

서툰 당신이 좋아요.
완벽하지 않아도 돼요.
실수하고 당황하는 모습이
더 사랑스러워 보여요.

넌 예뻐.

참 예뻐.

넌 사랑스러워서 예뻐.

너무 예뻐지지 마.

내가 감당할 정도만 예뻐져.

지금이 딱 좋으니까,

더 예뻐지지 마.

더 예뻐지면 때릴 거야.

입으로, 뽀뽀 100대.

너의 머리를 감겨 주고
너의 머리를 말려 주고
너의 머리를 묶어 주고
너와 소풍을 가고 싶어

하늘이 바다보다 파란 날
잔디 위에 돗자리를 깔고
맥주와 도시락을 먹으면서
널 보고 또 보고 싶어

만난 지 일주일 만에 손깍지를 꼈다.

그럼 이제 입깍지도.

크크크.

하루에도 몇 번씩 당신의 입술을

훔치고 싶어요. 하지만 당신과의

입맞춤은 아껴두고 있어요.

이 초조하고 두근거림이 좋아요.

당신은 그때,

제가 왜 가그린을 샀는지 모를 거예요.

새초롬한 표정이 너무 귀여워.

막 뽀뽀하고 싶어져.

넌 삐져도 예뻐.

어쩜 넌,

뭘 해도 예쁘니?

이런 당신을 어찌,

사랑하지 않을 수 있겠어요.

너의 목소리는 너무 부드러워.

너의 목소리는 너무 촉촉해.

너의 목소리는 너무 달콤해.

너의 목소리를 먹고 싶어.

같이 있어도 보고 싶은 너.

너의 목소리를 갖고 싶어.

제 간절한 소망이 있다면,

그 달콤한 목소리로

사랑한다고 말해주세요.

네 입술은 솜사탕 같아.
닿자마자 녹아.

황홀, 황홀에 빠지다.

아끼고 아껴둔 당신과의 첫 키스.
정신이 제일 맑을 때 닿은 입술.
당신의 입술을 기억하겠습니다.

봄에 태어난 넌,
가을에 태어난 나였어.

우린 다른 듯 같았어.
같은 곳을 보고
같은 생각을 하고
같은 방향으로 걸었어.

난 널 지켜주겠다고 약속하고
넌 날 지켜주겠다고 약속했어.
내일이 어떤 길일지는 모르겠지만
꽉 잡은 손, 놓지 말고 함께 가자.

내 편으로 태어나줘서 고마워요.

너 때문에 나한테 감사해.

널 볼 수 있는 눈에 감사하고
널 맡을 수 있는 코에 감사하고
너의 목소리를 들을 수 있는 귀에
감사하고 사랑한다고 말할 수
있는 입에 감사해.

너 때문에 날 사랑하게 됐어.
그래서 너에게 감사해.

넌 나를 위해 꽃피웠다.
그래서 지는 것도 아름답다.
황혼에 같이 바라보는 노을은,
내 인생 최고의 작품이 될 거야.

너와의 눈 맞춤은 항상 설레고,
너와의 눈 맞춤은 항상 맛있어.

당신의 눈은 내 것이니,
외출할 때 꼭 선글라스를 끼세요.

기다려, 내가 갈게.
너에게 가는 길이 동화 속 같아.

케익은 의미 있는 날에 주는 거래.
그래서 널 만날 때마다,
케익을 준비했어.

네가 눈을 떴을 때,
제일 먼저 생각나는 사람이
나였으면 좋겠어.

해가 떴어.
그래서 네가 생각나.
별이 떴어.
그래서 네가 생각나.

살아있는 건,
모두 아름다워야 한다.
너와 나처럼.

좋은 것만 먹고
좋은 것만 보고
좋은 것만 듣고
좋은 것만 생각하자.

사랑.

사랑보다 더 사랑스런

단어가 있었으면 좋겠어.

그런 단어가 있다면, 매시간

매초마다 너에게 속삭일 거야.

우리 사이는,

자기가 더 좋아한다고 싸우는

그런 사이였으면 좋겠어.

내 사람으로 태어나,

내 옆에 있어 줘서 고마워.

밤이 내리니,
그대 피어나네.
낮에 핀 그대,
밤 되니 또 피네.
그대 피니, 난 꽃밭.

낮에도 네 생각.
밤에도 네 생각.
꿈에도 네 생각.
온통 네 생각뿐.

네 존재만으로
난 늘 행복해.

넌 우주
난 지구

너 안에 난
행복이어라

너에게 가는 길은
은하수 길

지구와 우주의 만남
우린 땔 수 없는 관계

깜깜한 밤

널 켜다

밤도 스위치가 있었으면 좋겠어.

해가 보고 싶으면 밤을 끄고

별이 보고 싶으면 밤을 켜고

너와 놀러 가고 싶으면 밤을 끄고

너와 사랑하고 싶으면 밤을 켜고

이 밤이 멈추길 바란다면,

영원히 밤을 켜둘 거야.

"로또 1등 되면,
제일 갖고 싶은 게 뭐야?"
"너."

"넌, 꿈이 뭐야?"
"널 지켜주는 거."

"영화 보러 갈래?"
"그래."

너와 함께 한 모두가, 나한텐 영화다.

당신이 잘했든, 잘못했든
저는 당신 편입니다.
약속했듯이 항상 지켜 주겠습니다.

집으로 가는 길.

달이 아름답습니다.

평소 보던 달인데,

오늘 유난히 아름답습니다.

아름다운 달을 보니,

아름다운 당신이 생각납니다.

폰을 꺼내 당신 번호를 누릅니다.

"오늘 하루 어땠어?

혹시, 내 생각만 한 건 아니지?

갑자기 막 보고 싶어지네.

우리 10분만 볼래?"

"우리 방금 헤어졌거든.

나 막차 끊긴단 말이야.

그럼 거기서 봐."

뒤에서 널 안는데,
내가 안기는 기분이 들어.
따뜻하고 심장이 두근거려.
아! 이렇게 행복해도 되는 건가 싶어.

살면서 언제가 제일 행복했나요?
오늘이 바로, 그 날이 되게 해줄게요.

최고의 이벤트는 진심을 다해
사랑하고 사랑하는 것.

날씨를 검색하듯이,

네 마음도 검색이 됐으면 좋겠어.

네가 기분이 좋은 날은 뽀뽀만 할 거야.

네가 우울한 날은 맛집에 데려갈 거야.

네가 슬픈 날은 꽃을 선물할 거야.

네가 사랑스런 날은 사랑만 할 거야.

세상에 영원할 건 없대.

그 고정관념을 깨고 싶어.

그러니 내 옆에 있어 줘.

사랑의 기본은 사랑이에요.
사랑해도 사랑하세요.

사랑은 하루살이 같아요.
오늘 사랑하지 않으면
내일 사라질지 몰라요.

사랑은 사랑을 먹고 살아요.
사랑할 땐 사랑만 하세요.

너 가져.
내 마음이야.

사랑은 이런 사람과 하세요.

연락을 자주 하는 사람.
따뜻한 마음을 가진 사람.
힘들 때 기댈 수 있는 사람.
손만 잡고 걸어도 좋은 사람.
보면 볼수록 안기고 싶은 사람.
어색한 애교에도 좋아 죽는 사람.
사랑한다는 말을 자주 해주는 사람.
아플 때 약 사와서 간호해 주는 사람.
맛있는 거 먹을 때 먼저 생각나는 사람.
보고 싶다고 말하면 어디든 와주는 사람.

보고만 있어도 행복한 사람.
보고만 있어도 사랑스런 사람.
사랑은 이런 사람과 하세요.

너의 퇴근길은,
레드카펫의 연예인보다 아름다워.

일기예보에 없던 비가 내리네요.
우산 없을 당신 생각에,
우산 하나 들고 기다려봅니다.

점심은 먹었어?

오늘 컨디션은 어때?

퇴근했어?

오늘 하루 뭐했어?

당신에 하루를

궁금해하는 사람이 있나요?

그런 사람이 있다면 지금 만나세요.

만나서 시간 가는 줄 모르게 수다를

떨어보세요. 자신도 모르는 사이,

위로를 받고 있을 거예요.

힘들지?

이리와~

안아줄게.

힘내라는 말은 안 할게.

그러니, 힘내.

내가 안아줄 사람이

너라서 기뻐.

당신이 기쁘면 저도 기뻐요.

당신이 행복하면 저도 행복해요.

당신은 항상 기쁘고 행복했으면 좋겠어요.

그래야 저도 항상 기쁘고 행복하니까요.

넌 누군가에게는

아주 특별한 사람이야.

그 누군가는 바로 자신이에요.

지금이 바로,

자신을 사랑할 시간.

바꾸려고 애쓰지 마요.

있는 그대로 보여주세요.

있는 그대로가 제일 예뻐요.

넌 예뻐서 좋아.

넌 사랑스러워서 좋아.

넌 너라서 좋아.

쉿! 조용!
당신의 심장 소리가 들리지 않나요?
당신의 심장이 당신을 사랑한대요.

당신에,
최고의 선물은 바로 당신이에요.
선물의 가치를 높여주세요.

있는 자체로 빛이 나는 당신.
그 빛은 어디서 나는 건가요?

꽃에 꽃피다.
님꽃이여!
내 심장에 피소서.

그림을 잘 그리는 당신.
당신의 심장에, 저를 그려주세요.

당신이라는 사람은 볼수록 탐나네요.
당신 마음 가져도 될까요?

맺음말

술 한잔할래요?

북한산에서 참이슬 한잔
금강산에서 처음처럼 한잔
소백산에서 시원한 청풍 한잔
칠갑산에서 O2린 한잔
마이산에서 하이트 한잔
월출산에서 잎새주 한잔
금오산에서 맛있는 참 한잔
지리산에서 좋은데이 한잔
금정산에서 대선 한잔
한라산에서 한라산 한잔

당신과 함께하니,
어디를 가도 행복합니다.

꽃에 꽃피다

초판 1쇄 발행 2018년 9월 14일

지은이 손성희
펴낸이 김병호

편집 이슬기 | **디자인** 오현진·김다은

펴낸곳 바른북스
출판등록 2016년 11월 28일 제 2017-000029호
주소 서울 성동구 성수이로 70, 5층(성수동2가, 성화빌딩)
전화 070-7857-9719 | **팩스** 070-7610-9820
이메일 barunbooks7@naver.com | **홈페이지** www.barunbooks.com

값 13,000원
ISBN 979-11-6356-013-5 03810

이 책의 국립중앙도서관 출판시도서목록(CIP)은 서지정보유통지원시스템 홈페이지
(http://seoji.nl.go.kr)와 국가자료공동목록시스템(http://www.nl.go.kr/kolisnet)에서
이용하실 수 있습니다.(CIP제어번호 : 2018028904)

바른북스는 여러분의 다양한 아이디어와 원고 투고를 설레는 마음으로 기다리고 있습니다.
보내실 곳 barunbooks7@naver.com

www.barunbooks.com